歌集

吉祥草伝説

小角隆男

砂子屋書房

吉祥草伝説＊目次

I

装本・倉本　修

歌集　吉祥草伝説

I

今朝の碧落

予報外れ快晴となる久方の空の意気地を通したるごと

連山のスクラムけざやか独り身をくすぐる梢の小鳥の高音

雲呑をいただき帰る宵の口池の鏡に月の顔《かんばせ》

帰られぬゆゑに古里桜木の役行者像吉野に御座す

役《えんの》小《を》角《づの》うまれし茅原に吉祥草寺あり行者と母君祀る

わが家に頬杖いくつあるだらう頑固親父は底抜け上戸

狩衣《かりごろも》乱れがちなる有漏の身に棚牡丹《たなぼた》のごと今朝の碧落

喉越しのよき麺すする室内にブランデンブルク門の掛絵

玻璃窓に体当りする金蚕をり平成の世の耐へ難き朱夏

二つの矢持つことなかれと兼好いふ泡沫《うたかた》たのしむ三ツ矢党われ

星流れたり

神の舟泊まらむ空見津《そらみつ》やまとゆく旅鴉てふ男の飛礫《つぶて》

苦艾酒《アブサン》を呷るひととき暗闇に点る灯火の来歴しらず

星を摘み帰る夜更けに幽明の線引きのごと星流れたり

瞼《まなぶた》を閉ぢて眠れりかがなべてかかる演習の成果いつ来む

風の道蝶の道あり人の道踏み外したる夢多多みたり

モーセの「十誡」の誤植を記念して大英博物館に残さる
（一六三一年に印刷された「聖書」）

須弥山汁すすりて別れたり昨夜の遁辞に咎めは覚悟の上よ

あべのハルカス天上回廊を遊歩《いうぶ》せり脚の浮腫はさして気にせず

絶海の孤島で歌を詠むやうな気分だ人参しりしり食らひ

石を抱き石抱温泉に浸かりをり明日の会議はたぶん御流れ

芹生峠

芹生峠いまだ知らねど町なかに繖形花序なすパラソルの群れ

男とは恋の僕《しもべ》よ「芹摘む」のことば辞書から消えざるかぎり

「芹摘みし」など言はざらむ夏立ちて男山なる美酒酌み交はす

奥山に樹間をぬへる小径あり羊腸たることやさしさの形《なり》

空飛ぶ鳥に迹なしと詩偈にいふ歌詠まざれば詩魂涸るべし

入母屋の家まだのこる山村に居心地よささうな昼の月

天空にわが家あるごと黄昏の高速道路《ハイウェー》はしる愛車はスバル

水生哺乳類の胸鰭ほほゑまし前世の業因われ知らねども

一汁三菜晴の昼餉をいただけり時しも吹雪く峠のさくら

われに和し蝉声読経するごとし全戸全開この開放感

邪魔の種族

海彼には髑髏見捨てし島あらむ躑躅の花に虻群がれり

昭和てふ時代を生きて起き伏しの鏡に映るわが夢窓肩

知らぬ顔して通り越す人多し挨拶無用の人間《じんかん》の春

渡し箸して叱られし思ひ出の疎開の仲間いまも達者か

カナリーヤシ街を見下ろし戦ぎをり戦時の幼きわれ呼び寄せて

図書館の窓辺に本を読むやから閑職めきて時折こくり

口巧者多き議場に訝りて赤ゲットのごと座りてゐたり

恋といふ略字はなぜかへんてこりん芋嵐ふき葉裏しらじら

親不知抜かれて帰るわが町に険路なければ波音もなし

何処にも邪魔の種族が棲みをらむ天秤座生まれのわれ狂はさる

そのつばさはや

かへる鶴雲居はるけし鶴翼の陣と呼ばれしそのつばさはや

暑《あつ》るる夜を寝返りうてば部屋中に月光射して宙に浮くごと

愛子《あやし》駅に降り立ちてふと思ひ出す水子地蔵の朱の風車

柞葉の母が挿しゐし櫛に似て半月かかる海鳴りの空

満開のさくらの下に……言ひかけて口を噤めりけふ万愚節

塀越しに石榴爆ぜをり逢ふ前の不和のしるしか後ろ髪引かる

野路子のこゑ嗄るる日あらむ深山の隙《ひま》に波打つ家並の甍

年毎の三伏背負ひ生きて来し老婆健やか腰屈まりて

老いたれば金壺眼になり易し隣家の風鈴瀏喨《りうりやう》と鳴る

かりそめの旅に出会へる仏ヶ浦夢の亡骸捨つるによろし

下駄カルビ

アクアパッツァの鯵突《つっ》きつつ懐かしむ君が飛ばししジョークの数数

下駄カルビ平らげ息子は帰りたり首都に勤務の口過ぎや如何

地下街の迷路に名店ありと聞く通も唸らす激辛ラーメン

白内障の度合深まりピンぼけの秋茜とぶ大和川沿ひ

丘陵はブルドーザーで均されつ晴天つづきを訝りをれば

「非通知」の通知またくる誰ならむ悪童仲間ははや雲の上

待ち人はいまどのあたり待つ人の苛立ち鱓《うつぼ》にも似たらむか

色一つ欠けし虹たつ不手際を消すがにたちまち夕焼けの空

天柱に灸据ゑらるる時の間を荒野《あらの》さまよふわれのまぼろし

羊蹄山またの名蝦夷富士山容の美しきこと天賦自然ぞ

夏富士

夏富士や弾丸列車一文字母の生家は跡形もなし

花眼には書割のごとさるすべり映えて過ぎゆく時のいたづら

老いどちの相撲可笑しや雲取山けふはしつかり四股を踏みをり

春よ来い絶滅危惧種の潮招き見たし湾岸列車に揺らる

首まはしラジオ体操してをりぬ目路にほつかり白雲の繭

天空率いかほどならむ屋敷より飛び出せる猫欠伸をしたり

ひらめ筋揉み解しつつ唄ひをり「われは海の子……」然り海の子

新しき靴に履き替へ歩むとき空耳なれや蹄鉄の音

「潮音」の読者となりて三年過ぐ緇流《しりゅう》仲間にいまだ入れず

半夏生わが身ひとつを持て余し蛸配当のグラフに見入る

ワシントン条約

さよならの挨拶なぜか台詞めく航路の先は海峡しぐれ

落し文なんて猪口才この虫のだましに会ひて庭を掃きをり

錬金術贋金づくり同義語の時世《ときよ》はありてわれの誡め

山上の風倒木のごとき死を欲りす落日轟くばかり

空身《からみ》にて出かけるわれに門の辺の蟬声かしましほつといてんか

軍艦巻き好んで食べし友は亡しあつけらかんと光る青空

落魄の身にあらねども予期せざる苦の種拾ひ苦海を泳ぐ

蟬丸の歌口ずさみ歩みゆく目抜き通りに長きたそがれ

ワシントン条約あながち悪からず鰻の寝床に住みて十年

羽根付きの餃子を食べて飛び出せり外環《そとくわん》はしる愛車はスバル

青旗の葛城山

ペガサス座天馬のかたち願はくは歌の翼よとことはにあれ

白魚のをどりぐひ食べ眠りたり霞ケ浦は稀なる晴夜

遠き世に雷鳴の陣ありしかどわれは魚鱗を自在に刮ぐ

青旗の葛城山に励まされ暁天法話を聞かむと急ぐ

老骨の難波男に吹き荒ぶ葦の枯葉を靡かしし風

いつ絶えし恋の残り火倉庫には湿りしままの昭和の燐寸

流星にエアポートなどありやなし「草木塔」読み眠りの肴

手拭で顔や頭を拭ひをり常常気にせぬ地球の汚れ

自画像を描くすべ知らず半世紀過ぎたり夜霧よ今夜も有難う

ひさかたの星額の馬みまほしき撓《たわ》に佇み思ふはかなごと

さびしき凱歌

夕暮の美《は》しき野道よ自由律短歌を一度は作つてみたし

失念のひとつを不意に思ひ出す脳《なづき》みなづき新月のかげ

小名浜の目《め》光《ひかり》何を見てきしや死魚に値がつき糶《せり》賑賑し

ひとりがちさびしき凱歌きくやうな北千里行赤電の音

草莽とは在野ながらも他界めく精霊蝗虫《しやうりやうばつた》ここかしこに跳ぶ

憂き耳を聞きたる夕べ蓋閉ぢし田螺に田主の仔細尋ねむ

引越のサカイのトラック後につく道明寺線の十字路の前

アメリカは遠くなりたり白き船行き交ふ洋上ひねもすのたり

山荘に瞬間湯沸かし備へられ落書のごとき注意書あり

炎天下に稗を抜きにしわれが読む万葉集の稗の歌はも
（巻十一・二四七六）

沖の石

椋鳥に桜ん坊を啄まれ桜桃無念の下闇ぞ濃き

風知草、塩辛蜻蛉人生の関門くぐる時間の底に

幾たびも礼して一日《ひとひ》過ごしたり村落ぐらしどこか落武者

積み上げし書籍寂寂ビルに似てこころの奥処鬖鬆モード

薬漬け飲みたり注射打たれたり二十年経しいつ漬け上がる

忘れ潮かがやく荒磯よぎりつつ車窓はまるで百色眼鏡

潮干にも見えざる沖の石あれば濡れ衣なんて浮世の塵よ

屋上に洗濯物を干す男まさか白旗掲げはすまじ

人生は劇なり劇中劇あれどわれはただ誰かのエキストラ

ぞつき屋に買ひ求めたる詩誌ありて獅子の歯がみの件を読める

絵日傘売り

朝顔の閉ぢたる花をつまみをり蜉蝣の古名なんで朝顔

思ひ出の旅舎を束ねて花舎を見るさうささよならだけが人生

国道に人道途絶えし隧道あり狂気の沙汰の暴走族よ

駅前に絵日傘売りの老爺ゐき堂に入りたる居眠りぐらし

蒟蒻を煮れば悪臭放つなり世渡り下手の歎き一入

小島切《こじまぎれ》写して夜は更けにけり孤独と呼べる驕りもあらむ

女房役務めて帰る道すがら夜のあらしに藤の花散る

ししやも脚なる歯科医師が近寄りて「口を開けて」と器具を翳せり

家中に隠し場所を三つ四つもちて忙しき老いぼれ栗鼠よ

ワレンベルク症候群も忘れ果て酒肆桃太郎の店先よぎる

II

大空の大蛇

郭公の鳴ける都会の森をゆく横断歩道まるで陥穽

老軀をよく老驅と書けり間違ひてなぜか華やぐ友への書翰

不退寺に紅葉狩せり近頃はとんと聞かざる進軍ラッパ

虹たちて歓声わけり大空の大蛇とだれが先に見立てし

山形県大蔵村肘折温泉に豪雪ありて被害報ぜず

春の夜の夢路に桃の花咲きて上書きのやうな良縁に会ふ

短歌とふ爆弾おそらく不発弾秘すれば花と誰が捨て台詞

氷下魚《こまい》の味われまだ知らず喜寿すぎて大阪平野をゆるゆる歩む

良夜なり月光仮面になりそこね泣き虫坊やに蔑まれたり

てつせんが鉄線となる冬隣咲きて淋しき唇の花

三月の雨

三月の雨は李朝の涙てふ雨滴せきせき玻璃窓かざる

老い人よ歩けや歩け御徒町《おかちまち》心配ごともいつしか霧散

リバーシブルコートを纏ひ出できたり表参道枯葉舞ひ散る

夜な夜なを布団に包まり蓑虫よちちよちちよと鳴き出しさうで

集団に押し潰されし平社員あしたはあしたの風のふくまま

ちちのみの父の形見に伊達メガネ一つだになき抽斗あはれ

腹巻は腹巻鎧の意味を兼ね臍下丹田《せいかたんでん》ああむず痒し

新幹線「さくら」で帰る途次に顕つ知覧特攻基地の映像

家にゐて老爺はさすらひ人となる寝台恐怖の乗物ならむ

窓あけて飛び来る天道虫を待つ植物性器官の盛んなる頃

摘星記

なぐはしき聖橋より見渡せば幻視ばうばう人生山河

ダウラギリV峰の写真飾り来し処世術なる伊呂波も知らず

薩摩守平忠度あはれなり薩摩路ゆきて徒歩《かちあり》きせり

摘星楼にいつか上らむ亡き友の私語か夜な夜な星の瞬き

長雨に耐ふるはおのれのみならず長屋ただいま潜水艦よ

女性専用車とぞいへる女護島《によごのしま》ありてそらごとならぬが可笑し

三つ違ひの妻と連れ添ひ金婚式迎へたり四《よ》目《め》十《とを》目《め》といふが

雲紙に書く女手《をんなで》の墨かすれ遠花火の音いつまでつづく

曝涼に加へむ五輪五体てふ代物ちかごろとんと走らぬ

象鼻杯

象鼻杯飲みたる記憶おぼろなり寺院に蓮の花の咲くころ

土饅頭を三つ四つ見たり峠路に白南風ふきて人影まばら

土器《かはらけ》のはじまり緑雨降り出でて老いの面面袖たくしあぐ

わが庭に鼬棲みをり突如貌みせては機嫌窺ふごとし

人の為と偽り人は言ふならむ車窓より低き入道雲みゆ

圏点の付けたるうたはやはり反故紙屑箱に花と開けり

若き日の勤務地靭公園にありて障害児らを教へし

鹿児島県肝付《きもつき》町の謂れなど問ひて甲斐なし薬用づくめ

金目鯛食べても左眼翳むなりブルトンなんていまは足枷

初恋の酸き悲しみをわれ知らず鬼灯市に照らされてゆく

百花撰『花曜譜』ひらき独り言つ歌は世につれ世は歌につれ

空知まで

蓮華咲き蓮葉《はすは》女《をんな》を思ひ出す水都に勤めいまだかなづち

著者名	書名	本体
日高堯子	**『日高堯子歌集』** 現代短歌文庫33	1,500
日高堯子歌集	**『振りむく人』**	3,000
福島泰樹歌集	**『焼跡ノ歌』**	3,000
藤井常世	**『藤井常世歌集』** 現代短歌文庫112	1,800
藤井常世歌集	**『鳥打帽子』**	3,000
藤原龍一郎	**『藤原龍一郎歌集』** 現代短歌文庫27	1,500
藤原龍一郎	**『続 藤原龍一郎歌集』** 現代短歌文庫104	1,700
古谷智子	**『古谷智子歌集』** 現代短歌文庫73	1,800
古谷智子歌集	**『立　夏』**	3,000
本多　稜 歌集	**『惑』**	3,300
前　登志夫歌集	**『流　轉』** ＊現代短歌大賞	3,000
前川佐美雄	**『前川佐美雄全集』** 全三巻	各12,000
前田康子歌集	**『黄あやめの頃』**	3,000
蒔田さくら子歌集	**『標のゆりの樹』** ＊現代短歌大賞	2,800
松平修文	**『松平修文歌集』** 現代短歌文庫95	1,600
松平盟子	**『松平盟子歌集』** 現代短歌文庫47	2,000
松平盟子歌集	**『天の砂』**	3,000
道浦母都子	**『道浦母都子歌集』** 現代短歌文庫24	1,500
道浦母都子歌集	**『はやぶさ』**	3,000
三井　修	**『三井　修 歌集』** 現代短歌文庫42	1,700
三井　修	**『続 三井　修 歌集』** 現代短歌文庫116	1,500

砂子屋書房 刊行書籍一覧（歌集・歌書）

平成27年1月現在

＊御入用の書籍がございましたら、直接弊社あてにお申し込みください。
代金後払い、送料当社負担にて発送いたします。

	著者名	書名	本体
1	青井　史	**『青井　史 歌集』** 現代短歌文庫51	1,500
2	阿木津　英	**『阿木津　英 歌集』** 現代短歌文庫5	1,500
3	阿木津　英 歌集	**『黄　鳥』**	3,000
4	秋山佐和子	**『秋山佐和子歌集』** 現代短歌文庫49	1,500
5	秋山佐和子歌集	**『星　辰』**	3,000
6	雨宮雅子	**『雨宮雅子歌集』** 現代短歌文庫12	1,600
7	有沢　螢 歌集	**『ありすの杜へ』**	3,000
8	池田はるみ	**『池田はるみ歌集』** 現代短歌文庫115	1,800
9	池本一郎	**『池本一郎歌集』** 現代短歌文庫83	1,800
10	池本一郎歌集	**『萱鳴り』**	3,000
11	石田比呂志	**『続 石田比呂志歌集』** 現代短歌文庫71	2,000
12	石田比呂志歌集	**『邯鄲線』**	3,000
13	石田比呂志 著	**『長酣居雑録』**	3,500
14	伊藤一彦	**『伊藤一彦歌集』** 現代短歌文庫6	1,500
15	伊藤一彦	**『続 伊藤一彦歌集』** 現代短歌文庫36	2,000
16	今井恵子	**『今井恵子歌集』** 現代短歌文庫67	1,800

	著者名	書名	本体
41	尾崎左永子歌集	**『椿くれなゐ』**	3,000
42	尾崎まゆみ歌集	**『奇麗な指』**	2,500
43	笠原芳光 著	**『増補改訂 塚本邦雄論 逆信仰の歌』**	2,500
44	柏原千惠子歌集	**『彼　方』**	3,000
45	梶原さい子歌集	**『リアス／椿』**	2,300
46	春日いづみ	**『春日いづみ歌集』** 現代短歌文庫118	1,500
47	春日真木子	**『春日真木子歌集』** 現代短歌文庫23	1,500
48	春日井　建 歌集	**『井　泉』**	3,000
49	春日井　建	**『春日井　建 歌集』** 現代短歌文庫55	1,600
50	加藤治郎	**『加藤治郎歌集』** 現代短歌文庫52	1,600
51	加藤治郎歌集	**『しんきろう』**	3,000
52	雁部貞夫	**『雁部貞夫歌集』** 現代短歌文庫108	2,000
53	河野裕子	**『河野裕子歌集』** 現代短歌文庫10	1,700
54	河野裕子	**『続 河野裕子歌集』** 現代短歌文庫70	1,700
55	河野裕子	**『続々 河野裕子歌集』** 現代短歌文庫113	1,500
56	来嶋靖生	**『来嶋靖生歌集』** 現代短歌文庫41	1,800
57	北沢郁子	**『北沢郁子歌集』** 現代短歌文庫37	2,000
58	紀野　恵 歌集	**『La Vacanza』**	2,500
59	紀野　恵 歌集	**『午後の音楽』**	3,000
60	木村雅子	**『木村雅子歌集』** 現代短歌文庫111	1,800
61	久我田鶴子	**『久我田鶴子歌集』** 現代短歌文庫64	1,500

	著者名	書名
86	三枝昂之	**『三枝昂之歌集』** 現代短歌文庫4
87	三枝昂之ほか著	**『昭和短歌の再検討』**
88	三枝浩樹	**『続 三枝浩樹歌集』** 現代短歌文庫86
89	佐伯裕子	**『佐伯裕子歌集』** 現代短歌文庫29
90	坂井修一	**『坂井修一歌集』** 現代短歌文庫59
91	桜井登世子	**『桜井登世子歌集』** 現代短歌文庫119
92	佐佐木幸綱	**『佐佐木幸綱歌集』** 現代短歌文庫100
93	佐佐木幸綱歌集	**『ほろほろとろとろ』**
94	佐竹弥生	**『佐竹弥生歌集』** 現代短歌文庫21
95	佐藤通雅歌集	**『強　霜（こはじも）』** ＊詩歌文学館賞
96	佐波洋子	**『佐波洋子歌集』** 現代短歌文庫85
97	志垣澄幸	**『志垣澄幸歌集』** 現代短歌文庫72
98	篠　弘	**『篠　弘 全歌集』** ＊毎日芸術賞
99	篠　弘 歌集	**『日日炎炎』**
100	島田修三	**『島田修三歌集』** 現代短歌文庫30
101	島田修三歌集	**『帰去来の声』**
102	田井安曇	**『田井安曇歌集』** 現代短歌文庫43
103	高野公彦	**『高野公彦歌集』** 現代短歌文庫3
104	高野公彦歌集	**『河骨川』** ＊毎日芸術賞
105	田中　槐 歌集	**『サンボリ酢ム』**
106	玉井清弘	**『玉井清弘歌集』** 現代短歌文庫19

ルサンチマン克服できぬ老骨に侘助活けて当座のしのぎ

星座にもなれぬ流れ星みたり明石海峡渡るたまゆら

男旱《をとこひでり》と揶揄をされたる女ゐて言葉に時代の翳り落とせり

初恋は桜桃の味あだ波の立つ瀬を知らぬ山里ぐらし

人待ちて石とはなるな奥山に音もせで来て紅葉を濡らす

庭訓に誤植が胡坐かきてをり野郎自大の新家の月見

低反撥マットに寝《い》ねて夢見ませ鎖連歌の友よおさらば

生きてゐるかぎり無何有郷なんて無からむ臍出し老大昼寝

朋友は次次と逝けり空知《そらち》まで空を頼みの恋恋列車

穹窿の下

地下水は琵琶湖に匹敵するといふ京都をゆきて瞳清めむ

夕顔の墓を訪ねて帰るさに垣間見の罪話題にのぼる

穹窿《きゅうりゅう》の下に立つわれいつの日かこの地を離《さか》ることは必定

只見線はしる電車に広がれる田野の風趣御褒美のごと

シナトラのマイウェイ聴けり明日はよき洗濯日和とラジオが報ず

珥瑠《じたう》みし記憶かきたて擦れ違ふピアスの少女に古代のにほひ

月に一度シチリア料理食べにゆく「ヤマネコ」のシェフ髭面おやぢ

早春の空薄ら氷に似てナース・ステーションてふ砦の灯《ともし》

今年また桜前線北上す老爺の歩み突撃モード

北嶺おろし

正字の世界いまだしありて銀行の窓口ぎらり夏の陽を浴ぶ

写真屋と土門拳いひきキオスクの自販機より吟醸酒ごろり

挨拶はしませんとばかりサンバイザーつけて今様の虚無僧さんよ

別人になりたる男現れて同窓会の酒席をこはす

夏の夜の窓辺に蜘蛛の糸降りて来たりこの世はやはり地獄か

ウエスタン・リーグ戦まことに面白し鳴尾浜にてやんやの喝采

敗者復活戦を観るとき観客も敗者になりて拍手ぱらぱら

初夏の風に吹かれて自転車を漕ぐ乙女子や髪吹き流し

寸松庵色紙をうつす筆の影しじま破るは隣家の嚔

胸奥は悩みの坩堝さりながら袈裟がけうれしや北嶺おろし

季節の顔

向ひ風を突つ張りにして歩みゆく老爺に歩兵の思ひ出ありや

蟹ツアー途次に通れる与謝野町羇旅の一首を先づは献上

施餓鬼会の若者フード付きジャンパー着てゐてなにやら物乞ひまがひ

矢絣の着物の女と擦れ違ふ鎮守の社の雑踏のなか

時折は迷ひ子となる君がゐて人波夕闇迫る八衢

パソコンの微熱伝はる指先に春宵一刻花影揺るる

季節には季節の顔があるならむ花散る里を訪ふほととぎす

枯れ葉のごと雀舞ひ降りチュンチョンと鳴けりまもなく黄砂降るらむ

円空の仏像祀る廃寺にて巨木をかかへ瞑想しばし

紙鳶《いかのぼり》の武者絵風に唸りをり誰かさんが見つけむわれの胸中

飛花の遮り

回転ドア押して出でたり燦燦と降る月光にしばらく反り身

夜のくだち書ける書翰に星印《アステリスク》施し無事をひたすら祈る

アナパーナ釈迦呼吸法教はりし医師逝き本も紛失したり

千早赤阪村への里程標《マイルストーン》たつ道路走りて飛花の遮り

九十九折つづく坂路をのぼるときよくぞと主の鶯のこゑ

バッテラの小舟贈られ思ひ出す京都の高瀬川の散策

悴枝《かせえだ》の目立つ桜木風に鳴る放蕩息子を待つ母あらむ

氷瀑は深山の 褌《たふさぎ》 なにがなし生き恥多き老いの起き臥し

具《つま》ものの 薑《はじかみ》 噛みて口疾《くちひひ》く他人行儀もほどほどにせむ

万華鏡を覗くたまゆら過ぎし日の確執あれこれ嗚呼針千本

真旅

東寺巻いただき帰る宵月夜見知らぬわれに出会へるごとし

継ぎ接ぎの睡眠とりて喜寿を越す雪こんこんと産土埋む

マニフェストの最初の翻訳「選挙檄文」猫じやらしの穂を撫づるそよ風

沈黙てふ暴力ありき富士山の寂しさは唯一人の青空

旅好きの君身罷りて〝真旅〟なる古語忽然と蘇りたり

白菜を白才と書き売りてをり釣瓶落しの秋の旅先

時折はダメージ加工のジーンズをはきて集会場に馳せ参ず

秋晴や仮装大名行列のありて見物衆の総立ち

雷王国栃木をゆきて試さむやわが磊落の真偽の程を

歌詠むと言葉に言葉繋ぐときスパークもどきが脳裏をよぎる

愛され症候群

風頭山《かざがしらやま》にて吹つ飛ぶ風評のあれこれ過客の身には迹なし

ミステリー旅行に逢へり長崎の竜馬や稀の紺青の海

オランダ塀平戸に残るかなしきはジャガタラお春の文の創作

百千の葉を翻し無花果の畑がひたに何を隠せる

茶番劇絶えざらむ世に茶番劇重ねて後の月見を愛づる

幸せを逃したやうな夕明り祇園の花見小路をゆけば

帳尻合はせ

一夜明け昨日の疲れ嘘のやうだ白妙妖しき雲の展覧

放置自転車光り輝くここ過ぎて最初に聞きしは赤子の泣き声

弘川寺あたりの虎杖長けたらむ遊行上戸に近頃会はず

行きずりに落花浴びたり言の葉のひもじき日日の帳尻合はせ

テキサス・ヒットのごとき一句浮かびたり洛北巡りの吟行の途次

予約日を忘れしこともなんのその老軀ばくばく暴走列車

とりあへずシシリアンライス食べておく飢餓の至らむ未来の試しに

ささがねの蜘蛛の巣網に雨粒の光りて失せものふと思ひ出す

うた一首飛雲紙《とびくもがみ》に書き終へてこの日この世のまなこ涼しき

コスモスの花咲き乱れ別世界空耳なるか母を呼ぶ声

III

夏身幻想

髭たくはへ変節漢にならざりき裏庭いつしかあぢさゐ浄土

いぬふぐり空の欠片に譬へられ咲きをり航空自衛隊の基地

三句指定詠を課すれば揶揄されむ接骨木の赤ひげさんと

吉隠《よなばり》の夏身《なつみ》のうたを想ふにもなほあまりある秋しぐれかな
（『万葉集』巻十・二二〇七）

針供養せし母は亡し耿耿と淡島神社に氷輪かかる

石棺とは死体を納むるのみならずチェルノブイリの巨き石棺

干物の鰭衙へて酒席に座りをりこの猫かぶり笑ましきことよ

未生以前のこと知らねども夜な夜なに湯湯婆かかへ眠り入りたり

鞦韆は秋千とも書く幼児より孤独の老爺が漕ぐにふさはし

公園の紅葉の落葉団をなし嗤へり性善説疑はず

掃葉

掃葉とは校正のこと朝夕に庭を清めてわが生《よ》は成り行き

倒立癖ある孫は見むのちのちのわれの生きざまわけても短歌

酒精《スピリット》ひつかけ学生街ゆきし唇かなしけふ万愚節

「あん時やどしや降り雨ん中」突っ走ったぜ瓜実擬きのボール抱へて

黒装束の揚羽飛び来て庭先を見分ののちひらり虚空へ

『大言海』の漢字におぼれ幟邑《のぼりざと》書き違へたる起き伏しあはれ

なにがなし畏れを抱き天幕張る風の死にたる夏の昼ふけ

金魚鉢に金魚泳げりなにごとの不思議なけれどこれミスマッチ

居間にゐてゆとりなき奴笑はれむ七草粥の芹の香著し

われの眼に虹彩ありてか俗事みな茶番劇にも見えてげんなり

邯鄲男

青森県仏ヶ浦に聞きたりし邯鄲の音や処暑幾巡り

能面師君が打ちしと音に聞く邯鄲男あらば見まほし

金剛流能楽堂に君と観し思ひ出ありて浮世の縛り

かたはらの仲間も忘れひた歩む葛城山に日の出の兆し

トラウマの傷みも生きてゐる証體を肴にすつかり酔へり

麺ぱうを食ひつつ身体硬直す戦時に逝きし幼き弟《おとと》

旅人のわれに流れ打ち響動む一家団欒いま夢語り

人面竹あれど竹面人はなし人間の貌なまなましくて

図書館の書架の狭間をさ迷ひて探し当てたる本に万歳

顔写真てふは何やらおぞましき街に駅舎にあるいは歌誌に

漆黒の電話機

老いらくの恋などわれにありやなし月夜に帰れば睫を読まれむ

てふてふが一匹青葉闇に消ゆ庭訓掲げし旧居いまなし

通天閣ロボ東京タワー見てこしとぞ、親馬鹿われも至つて健脚
（「ツーテン」ラジコンのロボット二足歩行）

高高指まだ伸びさうで憂ふるに初老に入りて御辞儀をしたり

自己肥大症の証か古鞄さげて髭面男が歩く

夏の夜の財宝温泉に浸かるとき家苞《いへづと》あれこれ詮無き思案

彼岸過ぎて猛暑居座る御日様を描かなくなつた園児のために

百姓に筵旗ありきさてわれの生きざま何を旗印にせむ

嫁ぎたる娘の抽斗より鍵出でてきたり今宵はいざよひの月

漆黒の電話機なつかしときたまに地獄参りの電話かかりき

アダムのりんご

食卓に七味唐辛子零れをり終戦の日の夕空晴れて

男には漂泊の思ひ断ち難しアダムのりんごを喉に宿して

腕時計外して眠るこの飛躍闇は次第に五体を覆ふ

北陸路に寂《さび》れし伝言板たてり行きて還らぬ行き違ひあらむ

待つの字は侍に似む軒忍ゆらし一陣風颯爽と

パンドラの甕には希望が残りゐてそれを武器とし人は生きて来し
（ギリシア神話）

干し柿のすだれを前に思ふことギブアンドギブの処世術あらむ

玉虫の亡骸にぎりさ迷ひし少年の手よむごくなつかし

昼の月白癬のごとひさかたの青天井は妙に際立つ

枯れ枝は剪らるるを待つあへていふ枯淡の境地など嘘つぱち

通信簿

家督といひ総領といふ特権のなけれど座敷にごろりと昼寝

蚊を叩き百千叩き朱夏を生く施無畏印にはとほき手の平

つらいねえ先立たれては友呉れし獅子の置物座右に光れど

「私生活」なんて無からむ万華鏡のぞきたのしむこと関の山

まめやかな友得難しと兼好いふ新幹線の客みな眠る

レプリカの犬の頭を撫でてをり『隠者の夕暮』いまも積ん読

突き出され踊り出でたる心太腹に納めて心太《こころぶと》とぞ

北千里行の電車は駆落ちの電車かの日の緋のさるすべり

掘りたての筍いただき舌鼓打ちたりいまし月光の縁

歩みて来しわが生きざまの通信簿貧しくは可卑しくは不可

燧灘

廃線の恋路に夏の風吹けり時の剣といふ言葉はや

大方は聞かぬ振りして喋りをりまるで他郷の姥桜山

泣虫の娘は地球の裏側で泣きゐむ日照雨《そばへ》肩に零るなり

燧灘五輪五体の馬車馬を潮風そつと包装しゆく

腰に吊るす蚊取り線香導火線酷暑の草刈り場に入らむとす

歌詠みは深読み症候群になりやすし眼尻に皺寄せながら

夜が明けてなんの不思議はなけれども手を合はせ拝む婆ちやんいたよ

肝胆を病みて幾年ちちのみの父の風鈴つるす時くる

蝉しぐれわが胸奥も蝉しぐれ三日生きても千住《せんぢゅ》ぐらしよ

「三月《さんげつ》の糧」などこの身に要らぬこと一汁三菜これが何より

おやぢの背中

外堀を埋むるごとく書物読む書棚の書物みな傾けり

先師曰く「先蹤のなき文学はなし」とぞいまも記憶の底に

財政出動恐竜時代を生きてゐる瓦屋三代目の優男

雨飾山《あまかざりやま》の思ひ出崩れ去り処暑なほ暑き越後路をゆく

屋上屋架したる文章なつかしき一期一会の茶室に籠り

忘れ潮さながら眼鏡かがやけり物事われの知らぬ間に決まる

「今晩は」と言ひて入り来る男あり隙間風にも似たる声音で

表裏なき人と褒むれどおそらくは其奴闇夜の顔のつぺらぼう

物差しで背中搔きをり世間ではおやぢの背中と鑑にさるる

韓国旅行より帰りたる娘の髪のながながし夜を妻と語れる

田園風景

夕空を蹴上ぐるごとくぶらんこ漕ぐこの老体に好転ありや

登攀力とみに衰へ今日は買ふ特価日の大きバナナ五房

ぺこんと帽子凹みてゐたり差し当たり頭の器に不具合なきが

天眼鏡用ゐて辞書の漢字よむ何たる顰め面の字面よ

久久に上野不忍池の端ゆくとき日影の女のおもかげ

男性と強ひて断ることもなし水脈曳き船は島を目指せり

カルパッチョ戴きながら窓外の田園風景に見惚れてゐたり

終戦日近づきわが家に届きたる箱あり請はるるままに印押す

皿舐めて窘《たしな》められし児童ゐき戦時おぼろに半夏生咲く

天削ぎの箸にて食す宿坊に白木蓮の花開くころ

修正液

彼岸花咲く候といふ挨拶に確執生ぜし日日蘇る

抱へ込む火種あれこれタバコ火を借りにきたりし友はいま亡し

君を疎むことはなけれど梅雨の日の川音とよむわが家の前

言葉にも虫食ひ言葉あるならむ近頃話すことは億劫

蛇口より漏るる水音泣き声に似てたそがれの忍び寄るなり

百合咲きて百合の香放つ死火山のなだりを歩む俳句の鬼と

漆搔き始まる頃か通せん坊せし面面の懐かしきかな

修正液つけて一字を葬りつ物書きなんてしんどいことよ

目を閉じて起きてゐるとき隣室に衣服を繕ふミシンの音す

飢餓人口十億人の惑星に住みて耳食の多き起き伏し

卯の刻の酒

切り岸に波の花散る昼ふけや老いては愛《を》しき少時のこころ

ラジオ体操手旗信号日常即非日常の起き臥しあはれ

卯の刻の酒のみて白楽天を恋ふ一世のあげく天涯孤独

山も動かむ時世《ときよ》に生きてたのしめり回転木馬の有らぬ眩暈

思ひ出の花背峠に春立たむ貧愛染着《とんあいせんぢやく》四文字の散華

竹馬の友三人《みたり》亡くして突入す冬将軍や風雪びんた

天蓋とは蛸の隠語ぞ蛸くらひ罪悪感の無きにしも非ず

天空烏龍茶を飲み三面記事ひらく涙涸れしはいつの時から

ダンク・シュートのごとき言葉を探しをりおててつないだ仲良し御免

野合とは摩訶不思議なる縁結び風邪の予防を怠るなかれ

残念石

茶碗塚ならむ茶碗の欠片出づ先祖供養も陸《ろく》にして来ず

いまだこの世に脚かけて見放けをり落暉さながら孔雀明王

小走りに手をあげ道を横切れり鳥の名をもつ駅の鼻先

夫婦煮や従兄弟煮食べて元気出せ離島にやがて寒波襲来

自鳴琴《オルゴール》さくらさくらを奏でをり覚めて寂しき青春切符

風領とは襟巻のこと早春の峠に佇み機嫌上上

川風に三角波たつ村外れ内弁慶な子とは誰のこと

体幹てふ新語これよしさいたまの孫の育ちぶりを見届けむ

名簿より間引きされたる人名あり商戦時代の落武者なるか

大阪城の「残念石」をみて別れたり公孫樹の落葉灼爍《しやくしやく》

あとがき

『吉祥草伝説』は私の第五歌集になる。さきの『母恋風聞』出版後の二〇一〇年から二〇一四年までの作品、三六〇首を自撰してほぼ逆年順に配列した。この間、作品の発表の場であった「黒曜座」は終刊となり、新たに同誌のメンバーだった女性陣が創刊した同人誌「風の帆」に私も第二号から仲間に加わった。今のところ年三回の発行、一人二十首詠のささやかな歌誌であるが同乗者のひとりとして今後の航海をたのしみにしている。

＜吉祥草＞はユリ科の常緑多年草で、地下茎が年々地表を這って伸び茎から葉を叢生、秋に淡紫色の花を穂状につける。この花は蘭に似ていて吉事があるときしか咲かないという言い伝えがある。修験道の祖である役小角《えんのおづの》が生まれた年には、葛城の山野に吉祥草が咲き乱れていたという。その名に因んで、役行者の生誕地である茅原に吉祥草寺が建立された。一月十四日の小正月の夜、この寺の境内で雌雄一対の大トンドが豪壮に執り行われる。そのはじまりは、千三百年前まで遡るとも言われ、「茅原のトンド」は国選択、県指定無形民俗文化財となっている。一昨年の夏、吉祥草寺に参詣して史跡を見学した。わが庭にも二十年来、吉祥草を育てている。

歌論については、「黒曜座」の〈見ぬ世はや〉、「風の帆」の〈歌の景色〉に自分自身の考えを書いてきた。後日、折をみて本に纏めようと思っている。

本集の出版に際し、砂子屋書房主の田村雅之氏と装本を手掛けてくださつた倉本修氏に大変お世話になった。心から感謝申し上げる。

二〇一五年早春

小角隆男

著者略歴

一九三五年　大阪府に生まれる
一九八一年　「夜鶯の会」会員　塚本邦雄に師事
一九八三年　歌集『極北の書』（書肆季節社）を刊行
一九八五年　歌集『櫂歌』（書肆季節社）を刊行
二〇〇六年　歌集『孔雀風姿』（洛西書院）を刊行
二〇〇九年　歌集『母恋風聞』（洛西書院）を刊行
現在　「玲瓏」賛助会員
　　短歌同人誌「風の帆」会員

吉祥草伝説　小角隆男歌集

二〇一五年五月一五日初版発行

著　者　小角隆男
大阪府八尾市田井中四―一九七（〒五八一―〇〇九五）

発行者　田村雅之

発行所　砂子屋書房
東京都千代田区内神田三―四―七（〒一〇一―〇〇四七）
電話　〇三―三二五六―四七〇八　振替　〇〇一三〇―二―九七六三一
URL http://www.sunagoya.com

印　刷　長野印刷商工株式会社

製　本　渋谷文泉閣